JUV/E/Sp
FIC
BISHOP
EASTSI

W9-ANH-246

Conejito y el mar

Escrito e ilustrado por Gavin Bishop

Traducido por Pilar Acevedo

DISCARD

Ediciones Norte-Sur · New York · London

Conejito nunca había visto el mar.
Pero todas las noches soñaba con ser marinero.

R07109 47243

—¿Cómo es el mar? —le preguntó a su abuela.
—Es indómito y sereno —contestó la abuela—.
Un poco las dos cosas.

—¿Cómo es el mar *realmente*? —le preguntó a su padre.

—Es azul y ancho —contestó el padre—. Es inmenso.

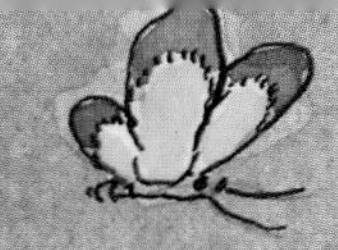

—¿El mar es indómito y sereno, o es azul y ancho? —le preguntó Conejito a su tío.

—Yo diría que es oscuro y salado —dijo el tío—. Como el vinagre de manzana.

Conejito pensaba en el mar durante todo el día.

Y todas las noches, en sus sueños, navegaba en su pequeño velero mientras el viento le acariciaba las orejas.

Un día, Conejito escuchó el chillido de una gaviota que bajaba en picada.

—¡Gaviota! —gritó Conejito—. ¿Me llevas a conocer el mar? Quiero sentir el viento en mis orejas.

—El mar está muy lejos —contestó Gaviota, mientras se alejaba volando.

Ahora más que nunca Conejito anhelaba conocer el mar.

Varias semanas después, volvió a escuchar
un chillido conocido.
Miró hacia arriba y vio que Gaviota traía
algo en su pico.

Gaviota dejó caer un gran caracol junto a Conejito y le dijo: —Dentro de este caracol está el inmenso mar.

Conejito recogió el caracol y corrió hasta la cima de la colina más alta.

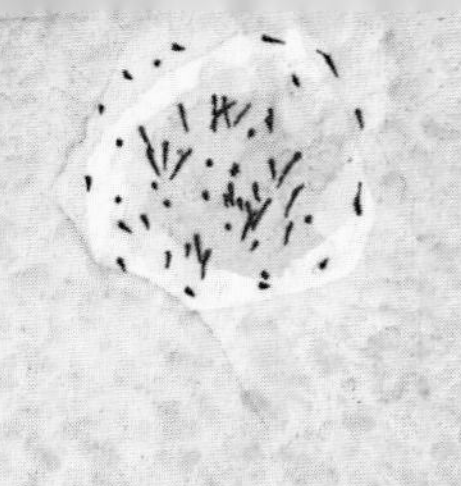
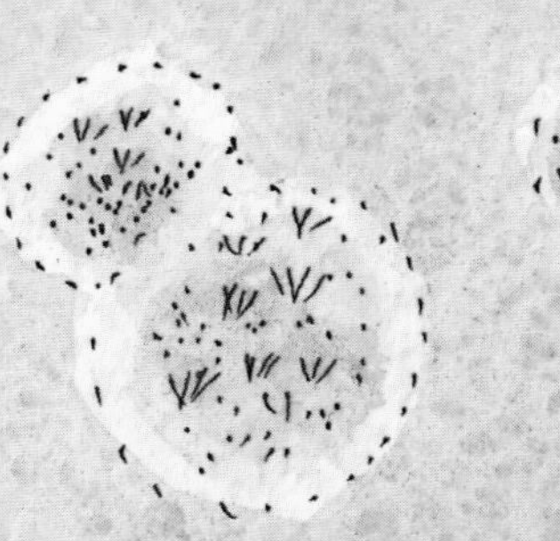

Allí arriba, con el viento acariciándole
las orejas, Conejito escuchó el mar.
Era indómito y sereno,

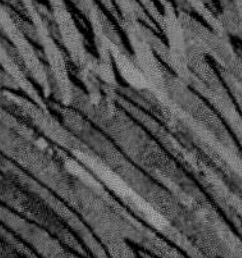

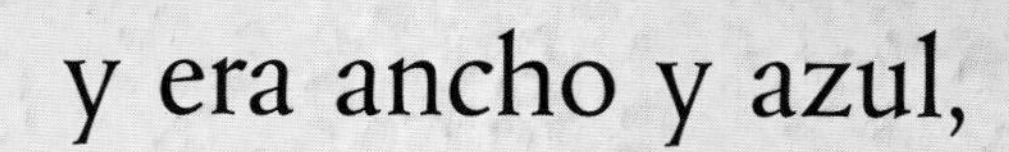

y era ancho y azul,

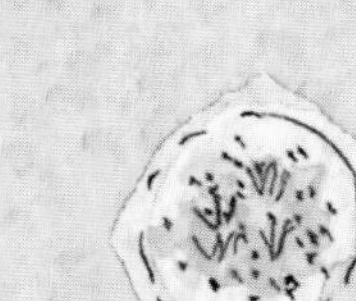

y también era oscuro y salado como el vinagre de manzana.

A Vivien

Copyright © 1997 by Gavin Bishop
First published in English under the title *Little Rabbit and the Sea*
Translation copyright © 2000 by North-South Books Inc.
All rights reserved. No part of this book may be reproduced or utilized in any form or by any means, electronic or mechanical, including photocopying, recording, or any information storage and retrieval system, without permission in writing from the publisher.

First Spanish language edition published in the United States in 2000
by Ediciones Norte-Sur, an imprint of Nord-Sud Verlag AG, Gossau Zürich, Switzerland.
Distributed in the United States by North-South Books, Inc., New York.

Library of Congress Cataloging-in-Publication Data is available.
Spanish edition supervised by SUR Editorial Group Inc.
The illustrations in this book were created with pen-and-ink and watercolor.
Book design by Marc Cheshire.

ISBN 0-7358-1314-0 (Spanish paperback)
1 3 5 7 9 PB 10 8 6 4 2
ISBN 0-7358-1313-2 (Spanish hardcover)
1 3 5 7 9 HC l0 8 6 4 2
Printed in Belgium

Si desea más información sobre este libro o sobre otras
publicaciones de Ediciones Norte-Sur, visite nuestra
página en el World Wide Web: www.northsouth.com